C. DORFEUIL & HENRY MOREAU

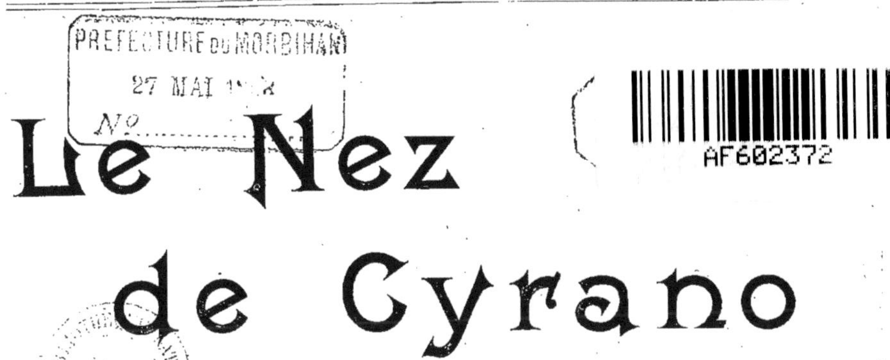

Le Nez de Cyrano

Parodie en un Acte, un Prologue et trois petits Tableaux

Représentée pour la première fois à Paris au Théâtre-Concert Bataclan, le 5 Mars 1898

Jouée au Théâtre-Concert Parisien, le 7 Avril 1898

Cette parodie est déclarée à la Société des Auteurs et Compositeurs dramatiques.

MM. ROGER et PELLERIN, agents généraux, 8, rue Hippolyte Lebas.

C. JOUBERT, Éditeur de Musique

PARIS. — 25, Rue d'Hauteville, 25. — PARIS

RÉPERTOIRE

DES OPERAS, OPERAS-COMIQUES ET OPERETTES

ABRÉVIATIONS : T. Veut dire : Du répertoire de la Société des Auteurs dramatiques; le surplus étant du répertoire de la Société des Auteurs, Compositeurs et Éditeurs de Musique.

LOC. Veut dire : N'existe qu'en location.

Opéras, Opéras-Comiques et Opérettes en plusieurs Actes.

Auteurs	Titres		Prix	Auteurs	Titres		Prix
A. Godard	Amour qui passa (L') (3 actes) T.	partition	loc.	Pedrotti	Masques (Les) T	partition	net 15 »
E. Missa	Belle Sophie (La) (3 actes) T.	id.	net 12 »	H. Boullard	Niniche (3 actes) T.	id.	net 8 »
H. Litolff	Boîte de Pandore (La) (3 actes) T.	id.	net 15 »	Deffès	Noces de Fernande (Les) (3 a) T.	id.	net 15 »
R. Planquette	Cantinière (La) (3 actes) T.	id.	net 12 »	Hervé	Œil crevé (L') (3 actes) T.	id.	loc.
R. Planquette	Cloches de Corneville (les) 3 a. T	id.	net 15 »	J. Clerice	Pavie (3 actes) T.	id.	net 12 »
Verdi	Croisé en Egypte (Le) (3 actes) T	id.	loc.	Haackmann	Petit Moujik (Le) (3 actes) T.	id.	net 12 »
Verdi	Deux Foscari (Les) (3 actes) T.	id.	loc.	Poniatowski	Pierre de Médicis (4 actes) T.	id.	net 20 »
Marenco	Diable au corps (Le) (3 actes) T.	id.	net 15 »	Ch. Grisart	Poupées de l'Infante (Les) (3 a.) T	id.	net 15 »
De Wenzel	Élève du Conservatoire (L') (3 a.) T	id.	net 12 »	Auber	Premier jour de bonheur (Le) (3 actes) T.	id.	net 15 »
H. Litolff	Escadron volant de la Reine (L') (3 actes) T	id.	net 15 »	E. Missa	Princesse Nangara (La) (3 a.) T	id.	loc.
L. Vasseur	Famille Vénus (La) (3 a.) T.	id.	net 12 »	Auber	Rêve d'Amour (3 actes) T.	id.	net 15 »
Suppé	Fatinitza T.	id.	loc.	Boullard, Hervé et Lecocq	Roussotte (La) (3 actes) T.	id.	net 10 »
H. Litolff	Fiancée du Roi de Garbe (La) (3 actes) T.	id.	net 15 »	R. Planquette	Surcouf (3 actes) T.	id.	net 12 »
A. Louis	Goguette (La) (3 actes) T.	id.	loc.	R. Planquette	Talisman (Le) (3 actes) T.	id.	net 15 »
J. Clerice	Hardi les Bleus T.	id.	net 10 »	Ricci	Une folie à Rome (3 actes) T.	id.	net 20 »
H. Litolff	Héloïse et Abélard (3 actes) T.	id.	net 15 »	R. Planquette	Voltigeurs de la 32e (Les) (3 a.) T.	id.	net 12 »
Verdi	Jérusalem T.	id.	loc.				
L. Vasseur	Mam'zelle Crénom (3 actes) T.	id.	net 12 »				

Opéras-Comiques en un Acte

AUTEURS	TITRES DES ŒUVRES	Hommes	Femmes	Prix nets	AUTEURS	TITRES DES ŒUVRES	Hommes	Femmes	Prix nets
H. Salomon	Aumônier du Régiment (L') T.	3	1	10 »	A. Turquet	Monsieur Pulcinella T.	2	2	6 »
Samuel David	Bien d'Autrui (Le) T.	2	1	8 »	P. Henrion	Moulin de Javelle (Le) T.	2	1	6 »
L. Deffès	Bourguignonnes (Les) T.	2	1	7 »	R. Planquette	Paille d'Avoine T	2	1	6 »
D. Bernicat	Cadets de Gascogne (Les)	troupe	»	7 »	Th. Dubois	Pain bis (Le) T.	troupe	»	8 »
L. Deffès	Café du Roi (Le) T.	1	2	7 »	De Ste-Croix	Rendez-vous galants (Les) T.	troupe	»	10 »
De Ste-Croix	Chanson du Printemps (La) T.	4	2	8 »	C. Boussagol	Sabre enchanté (Le) T.	3	1	6 »
R. Planquette	Chevalier Gaston (Le) T.	2	1	8 »	De Mortarieu	Saint-Nicolas (La)	1	1	8 »
Ch. Grisart	Memnon T.	troupe	»	6 »	Desgranges	Vieux Sorcier (Le) T.	troupe	»	8 »

Opérettes de Théâtre et de Concert

AUTEURS	TITRES DES ŒUVRES	Hommes	Femmes	Prix nets	AUTEURS	TITRES DES ŒUVRES	Hommes	Femmes	Prix nets
De Campisiano	Absalon	1	3	6 »	C. Rosenquest	Chicard et Bébé	1	1	4 »
F. Bernicat	Agence Rabourdin (L')	1	1	5 »	Bonnier	Chien et Chat T.	4	1	5 »
G. Street	Amour en livrée (L')	3	1	5 »	Villebichot	Cirque Ponger's (Le)	troupe	»	6 »
Desormes	Amour et l'appétit (L')	1	1	4 »	L. Collin	Coco Bel-Œil	3	1	6 »
Ch. Lecocq	Amour et son Carquois (L') T.	2	13	8 »	A. Petit	Cocotte et chiffonnier	1	1	5 »
A. Petit	Amoureux d'Yvonne (Les) T	5	3	loc.	Villemer				
V. Roger	Amour Quinze-Vingt (L')	3	1	4 »	Delormel	Colosses de Rhodes (Le)	3	»	4 »
Desormes	Antoine et Cléopâtre T.	1	2	4 »	Péricaud				
J. Emmecé	A qui le gosse?	troupe	»	loc.	A. Petit	Confection pour dames	2	4	5 »
M. Chautagne	Arracheuse de dents (L')	2	1	4 »	Lebreton-Moreau	Conscrits bretons (Les) T.	7	5	loc.
Géraldy	Ascension du Mont-Blanc (L')	1	1	4 »	L. Collin	Conscrit tyrolien (Le)	1	1	3 »
Banès	Au Coq huppé	3	2	5 »	Lebreton-Moreau	Cote et Cocottes	4	4	3 »
Lebreton-Moreau	Au temps des cerises T.	5	3	loc	De Roze et d'Arsay	Culotte du marié (scène) (La)	»	1	0 50
Guérineau	Auteur par amour	1	2	5 »	Lebreton-Moreau	Dans cent ans T.	2	11	loc.
Lebreton-Moreau	Autour d'une guérite T.	3	2	loc.	Sourilas	Dégrafée T.	3	3	5 »
Moreau	Avant le bal	1	1	3 »	L. Lefèvre	Dernier verre (Le)	2	1	4 »
Deransart	Baigneur et nageuse	1	1	1 »	F. Barbier	Deux amours de chandeliers	1	1	5 »
Dhilès et P. Garcias	Baisez cocotte	3	1	3 »	F. Matz	Deux avares (Les) T.	2	1	8 »
Leserre	Barbe-Bleue	1	»	2 »	Ch. Hubans	Deux coqs vivaient en paix	2	1	6 »
Offenbach	Ba-ta-Clan T.	troupe	»	8 »	F. Gracia	Deux estafiers (Les)	2	»	2 »
Wachs	Bibi ou l'enfant de l'Amour	1	1	4 »	M. Chautagne	Deux muses (Les)	2	»	4 »
Moreau-Gramet	Bougnol et Bougnol	4	2	loc.	F. Barbier	Deux parfaits notaires (Les)	3	»	4 »
Villebichot	Boum ! Servez chaud	3	2	4 »	Hervé-Lecocq	Deux portières pour un cordon T	2	»	4 »
Hubans	Breland de bègues	2	1	5 »	Moreau-Boucherat	Diable au Moulin	5	8	loc.
Banès	Cadiguette (La)	1	1	5 »	Divers	Doubles Vierges (Les) T	troupe	»	loc.
Javelot	Calino amoureux	2	1	3 »	Sourilas	Drapeau jaune (Le) T.	3	2	4 »
Cellot	Canne d'un grand homme (La) T	2	2	loc.	J. Domerc	École buissonnière (L')	3	»	3 »
V. Herpin	Capricorne (Le)	troupe	»	loc.	Éd. Lhuillier	Elle débute ce soir	1	1	4 »
F. Barbier	Carmagnole (La)	3	9	5 »	Delaruelle	El senor Piffardino	1	1	6 »
Lebreton-Moreau	Carnaval conjugal (Le) T.	9	3	loc.	Marsay	En colonne T.	troupe	»	loc.
Chelu	Chambre à louer	1	1	5 »	Lebreton-Moreau	Enfant des halles (L') T.	3	2	loc.
Moreau	Chambre de bonne T.	troupe	»	loc.	Villebichot	Entre deux jardins	1	1	4 »
R. Planquette	Champignolette T.	troupe	»	loc.	Lebreton-Duroc	Entresol d'Eugène T.	4	6	loc.
V. Roger	Chanson des Écus (La)	3	1	4 »	Barès	Escargot (L')	2	3	6 »
P. Henrion	Chanteuse par amour (La) T.	»	1	6 »	D. Dihau	Éternel roman (L')	1	1	4 »
E. André	Chaos (Le)	1	1	4 »	F. Beauvallet	Faites le jeu, Messieurs (v.) T.	»	»	loc.
Lebreton-Moreau	Chasseurs Alpins (Les) T.	6	6	loc.	Lebreton-Moreau	Farces du Printemps (Les) T	7	4	loc
Cientat	Chasse Suzanne (La) T.	troupe	»	4 »	St-Agnan Choler	Faut du prestige (vaud.) T.	»	»	loc.
Meynard	Chez le dentiste	3	1	8 »	Lebreton-Duroc	Faut que j'casse la g. à Baptiste T	4	3	loc.
Lhuillier	Chez les Corniquets	1	»	1 »	Ch. Gabet	Femme de Valentino (La) (v.) T.	»	»	loc.

C. DORFEUIL & HENRY MOREAU

Le Nez de Cyrano

Parodie en un Acte, un Prologue et trois petits Tableaux

Représentée pour la première fois à Paris au Théâtre-Concert Bataclan, le 5 Mars 1898

Jouée au Théâtre-Concert Parisien, le 7 Avril 1898

PERSONNAGES & DISTRIBUTIONS

	BATACLAN	CONCERT PARISIEN
	MM.	
CYRANO	Max DEARLY.	Max DEARLY.
CRISPANT DE LA GOURDIFLETTE	ROSIEN.	DRANEM.
LABRAISE (ami de Cyrano)	BARALLY.	GABEL.
Capitaine CHARDON DE LARDE AUX CHOUX. / LE DIRECTEUR DU GUIGNOL	LIMAT.	ANGEL.
UN MARQUIS. / UN CADET.	VIGNAIS.	Carl STAR.
M. DE LAGARDÈRE / UN TIRELAINE. / UN OFFICIER ESPAGNOL	GENSE.	AIRVAULT.
	MMmes	MMmes
FRANGIPANE	Georges GRANDIER.	Georges GRANDIER.
LA PARODIE.	Laure DAMOYE.	Laure DAMOYE.
MARCHANDE DE PETIT NOIR. / LA DUÈGNE. / UN CADET.	Alza BURARD.	DECARVIN.
1er PAGE. / UN CADET.	TERVILLE.	WALSY.
2e PAGE. / UN CADET.	DARGENT.	Lucienne D'ORY.
UNE DAME. / UN CADET.	MEYRIEL.	LYDER.
LE PETIT VIOLON. / UN CADET.	M. Max RAOUL.	DIKA.

Les rôles de cadets peuvent facilement être réduits à quatre.

C. DORFEUIL & HENRY MOREAU

Hommage respectueux à M. Edmond ROSTAND.

LE NEZ DE CYRANO

Parodie en un Acte, un Prologue et trois petits Tableaux

SCÈNE PREMIÈRE

La Parodie, *paraissant par un côté du rideau.*

Noble public, salut ! Hommes, femmes, enfants,
Troubades et nounous, gros bourgeois et manants.
En ce concert, je viens, selon l'usage antique
Vous saluer, ce soir, en style poétique
Je vais vous envoyer des vers sur le tympan
Avant qu'un régisseur ne fasse « pan ! pan pan ! »
(Elle fait le geste de frapper au rideau).
Veuillez m'excuser si je parle en étourdie,
J'aime beaucoup blaguer : Je suis la Parodie
Hé oui ! la Parodie, une enfant de Paris
Un gavroche railleur, un des béguins chéris
Du public bon enfant adorant la Revue.
Je suis un peu sa sœur, chez elle l'on m'a vue,
Après le défilé des maillots séducteurs,
Railler fours et succès de nos plus grands auteurs.
Ce soir me voici seule et livrée à moi-même
Je vais représenter pour le public qui m'aime,
Le nez de Cyrano, plusieurs petits tableaux
Qui voudraient à vos yeux se montrer rigolos !
Mon préambule est gros, il fallait un hors d'œuvre.
M'excusant un peu de travestir un chef-d'œuvre
Je pourrai maintenant pour mieux vous étonner
Jaser sur Cyrano, le poète au grand nez.
Et même avec aplomb raser mon auditoire
En lui faisant céans un petit cours d'histoire..
Vous disant gravement : ce célèbre écrivain,
Naquit à Bergerac vers l'an seize cent vingt
Ce fut un grand bretteur, un romancier burlesque
Son existence fut cocasse et romanesque...
Vous voici richement, monsieur, documenté ?
— Le prix des places ne sera pas augmenté —
Là-bas, dans son fauteuil, j'aperçois un brave homme
Qui bercé par ma voix voudrait piquer un somme
Une dame au balcon me lorgne de travers
Sans doute ils n'aiment pas que l'on jabotte en vers ;
Avouons, cependant, que la prose vulgaire
Pour chanter Cyrano ne me convenait guère.
Nous avons fait des vers de toutes les longueurs
Quinze pieds, dix-huit pieds, les auteurs sont pio-
[cheurs
Dans chaque vers ils ont mis plusieurs hémistiches
Enfin se sont payés les rimes les plus riches
Faisant des vers en or qu'au clou l'on peut porter
— Le prix des places ne sera pas augmenté —
Le Directeur faisant les plus grands sacrifices ★
A d'abord réclamé les superbes offices
De celui qui créa la pièce de Rostand
Voir ici Coquelin, ce serait épatant !
Il allait céder à notre diplomatie
Mais cela fit loucher monsieur J. Claretie
Et Coquelin pensa qu'au concert ses succès
Généraient sa rentrée au Théâtre Français
Ce n'est donc pas lui qui ce soir tiendra le rôle
L'acteur qui le jouera sera beaucoup plus drôle
Le nez de Coquelin ayant été doublé ! ★
— Le prix des places ne sera pas augmenté —
Je vais avoir fini ; mais, quelques mots encor
Sur un point important : il s'agit du décor
Il en fallait plusieurs, le Directeur peu ladre
En voulait sept ou huit ; vu notre petit cadre.
D'un unique décor faudra vous contenter...
— Le prix des places ne sera pas augmenté —
N, i, ni, j'ai fini, n'ayant plus à vous dire
Que de ma parodie il ne faut pas médire...
Le nez de Cyrano, c'est un peu nouveau jeu,
C'est léger, croustillant, c'est même un peu, un peu
Oui, vous me comprenez, mesdames, à merveille
Au fond de tout homme est ce mot-là qui sommeille
Le nez de Cyrano vous rendra tout dispos
Et vous tiendrez sur lui bien des galants propos.
D'impatience je vois les dames qui frissonnent
Ces messieurs vous diront des phrases polissonnes
Ils seront amoureux rien qu'à nous écouter !
— Le prix des places ne sera pas augmenté. —
(Elle sort).

SCÈNE II

Décor quelconque. Jardin de préférence. Au fond ou à gauche un guignol de fantaisie style Louis XIII ; sur un écriteau on lit : « Au vrai Guignol de l'hôtel de Bourgogne ». Devant le Guignol un petit Italien se tient avec un violon. Bancs et chaises. A droite une marchande de petit noir. **Le Directeur, 1er et 2e Pages, des Bourgeois, des pages,** *ad libitum.*

LE DIRECTEUR, *rangeant les bancs, donnant des coups de plumeau sur son Guignol.*

Holà ! petit garçon, serre ta chanterelle,
Appelle le public par une ritournelle,
Car, tout est en ordre et de mon guignol coquet
Les bancs sont rangés... vite, allumons le quinquet.
(Il allume une lanterne vénitienne) (regardant au dehors).

★ Ces douze vers peuvent être facilement supprimés pour la province.

Il était temps, voici venir les équipages
Des barons, des marquis, des bourgeois et des pages.
(Encaissant sa recette — à un page qui passe sans payer).
Hé ! l'on paie en entrant.

1ᵉʳ PAGE

C'est combien ?

LE DIRECTEUR

C'est deux sous.
Ah ! voici deux cadets ; ils n'ont pas l'air trop saouls.
(Deux cadets entrent).

SCÈNE III

LES MÊMES, **le Marquis,** *puis* **Crispant la Gourdiflette, Labraise, des Cadets.**

LABRAISE, *entrant avec La Gourdiflette, qu'il présente aux pages.*

Je vous présente un bleu, Crispan la Gourdiflette.

1ᵉʳ CADET

C'est un nouveau cadet ; cristi ! qu'il a l'air bête !
(Entrée du ou des marquis).

SCÈNE IV

LES MÊMES, **une Dame,** *puis* **Frangipane.**

LE MARQUIS, *allant au-devant de la dame qui entre.*

Ma belle, des baisers.

UNE DAME

Quel charme de vous voir.
(Elle va s'asseoir sur les chaises à droite).

1ᵉʳ PAGE, *à un autre page.*

Je régale, veux-tu ?

2ᵉ PAGE *à la marchande.*

Madame, un petit noir.

LE MARQUIS, *regardant à gauche.*

Ma poulette, voici la belle Frangipane.
(Il va au-devant d'elle et sort).

CRISPAN, *assis à gauche avec Labraise.*

Ce nom m'a chatouillé.

FRANGIPANE, *criant comiquement du dehors.*

Bonsoir

CRISPAN

Quel bel organe !

(Frangipane entre de gauche. Le marquis lui donne la main. Entrée comique. Elle entre et aperçoit Crispan. Tous deux se regardent, un temps).

FRANGIPANE, *à droite près des chaises lachant le marquis qui laisse sa main en l'air.*

Oh !

CRISPAN

Ah !

LE MARQUIS

Marquise eh bien ? Qu'allez-vous donc résoudre ?
Que faites-vous là ?

FRANGIPANE, *avec extase.*

Je reçois le coup de foudre !
Cet homme que je vois, mon cher, en ce moment
M'a prise comme il faut, je l'aime follement.
Cristi ! qu'il est bâti ! voyez s'il se redresse !
(S'asseyant à droite).
Je lui ferai demain parvenir mon adresse

CRISPAN, *à part.*

Je crois qu'avec amour elle me reluquait
Et je suis resté là, comme une huitre, un paquet.
En rougissant ainsi qu'une vieille tomate
Près des femmes je suis un pauvre diplomate
Je n'avais qu'à parler, je le sentais si bien, [rien !
Mais c'est plus fort que moi, je ne dis rien, rien,
(Il rejoint les cadets).

LE MARQUIS, *à Frangipane.*

A Guignol, nous aurons un petit intermède
On dit que Cyrano, ce bretteur que possède
En ce moment Paris...

FRANGIPANE

Baron, n'oubliez pas
Que c'est un mien cousin, débinez-le tout bas.

LE MARQUIS

Il ne veut plus ici voir un Polichinelle
Il entend lui chercher une sotte querelle
Parce qu'il lui trouve un nez plus long que le sien

UNE DAME

Cyrano, ma chère, est un vilain paroissien

LE MARQUIS

Il reproche de plus à ce Polichinelle
D'avoir laissé tomber sa stupide prunelle
Sur un joli minois, une blonde aux yeux noirs
Pour qui le ferrailleur a d'amoureux espoirs.

FRANGIPANE

Que c'est long ! le guignol devrait bien commen- [cer !

1er PAGE, *tapant des pieds.*

La toile ou mes deux ronds.

LA BRAISE, *à Crispant.*

Que va-t-il se passer ?

UNE DAME, *à Frangipane.*

Voici le violon qui lève son archet
Il est gentil, il a du galbe, du cachet
Comment le trouvez-vous, ma chère Frangipane ?

FRANGIPANE

Il me plairait bien mieux, s'il était en Tzigane !
(*On frappe les 3 coups, la toile se lève*).

LE MARQUIS

Pulcinella d'abord, c'est la tradition
Va paraitre en scène !

FRANGIPANE

Ah ! je tremble d'émotion !

LE MARQUIS

Cyrano n'est pas là ! Ce Gascon extravague
Sa menace n'était qu'une nouvelle blague !
(*On entend la voix de Polichinelle*).

CYRANO, *il est assis, on ne le voit pas s'il y a de la figuration ; ou il entre à ce moment.*

Assez ! assez ! Eh quoi ! Rappelles-toi, bossu
Que je ne veux plus voir ton vilain corps pansu
(*Le polichinelle pousse des cris timides. Cyrano se lève, monte sur le banc et brandit une longue canne*)
Ah ! si j'entends ta voix, je vais d'un coup de canne
Fêler ton saladier.
(*Le polichinelle s'affaise*).

LABRAISE

Tá ! le voila qui canne ?
(*Polichinelle se redresse*).

CYRANO

Tu relèves la tête et me fais voir ce nez
Qui me fait concurrence Ah ! je te vais donner
Au bout de trois, un coup de cette bonne trique
(*Frappant 3 fois dans ses mains*) (*Le polichinelle disparait*).

FRANGIPANE

Bon système ! Il s'en va !

1er PAGE, *se tordant.*

Ce *système métrique !*

LE MARQUIS

Il faut, Polichinelle.

1er PAGE

Ou rendez nos argents.
(*Le directeur parait la tête dans la scène du Guignol*).

TOUS

Ah !

LE DIRECTEUR, *fait des gestes de Guignol.*

Je vais jouer sans lui... Ecoutez braves gens

LE MARQUIS

Rien du tout.

LE DIRECTEUR

Voulez-vous ?

LES PAGES *et tous.*

Non, non, notre galette.

LE DIRECTEUR

En gémissant, messieurs, je rendrai la recette
(*au violon*)
Petit, rends les deux sous. Monsieur de Cyrano,
Vous êtes pour nous tous un ogre, un tyranneau ;
Les affaires vont mal, vous chassez les pratiques,
Et grâce à vous bientôt, je boufferai des briques.
(*Il pleure comiquement*).

CYRANO

Ne pleure plus, crétin ! pour calmer ton guignon
Attrape au vol, farceur ! Voilà du bon pognon.
(*Il lui jette une bourse*).

LE DIRECTEUR, *ravi.*

Monsieur de Cyrano, c'est d'un vrai gentilhomme.

LE MARQUIS, *aux dames.*

Avec son Cyrano, ce vieux-là nous assomme.

LES PAGES

Ohé ! Polichinelle !

LE DIRECTEUR

Il est dans son plumard.

CYRANO

Qu'il ne revienne ici qu'avec un nez camard.

LE DIRECTEUR

Oui, monsieur Cyrano. (*Il disparait*).

SCÈNE V

Les Mêmes, *moins* **Le Directeur.**

FRANGIPANE, *allant à Cyrano.*

Mon cher cousin, c'est bien,
C'est du dernier bateau ; c'est très, très parisien.

CYRANO, *troublé, l'air gauche.*

Vous ! c'est vous !

FRANGIPANE

Eh bien ! quoi ? l'on dirait qu'une étrille
Vous gêne le gosier.

CYRANO, *ne sachant plus ce qu'il dit.*

Je viens à la manille..
De perdre le vermouth, alors ..

FRANGIPANE, *riant aux éclats.*

Quel air piteux !

CYRANO, *bas à Labraise.*

Je t'aime trop vois-tu, ça me rend tout gâteux.
(*Haut. Saluant*)
Cousine ! (*Il s'éloigne.*)

FRANGIPANE

Il est idiot ! bah ! cela m'indiffère.
(*Elle va rejoindre les dames à droite.*)

LA DAME

Le cousin fait son nez !

LE MARQUIS, *railleur.*

Il a de quoi le faire !

CYRANO, *s'approchant.*

Vous disiez donc, monsieur ?

LE MARQUIS

Je disais...

CYRANO

Quoi ?

LE MARQUIS

Voilà !
(*Gravement*).
Ah ! là ! ce cadet-là ! cristi ! quel pif qu'il a.
(*Tout le monde rit. Cyrano se retourne. On ne rit plus*).

CYRANO, *très tranquille.*

C'est tout ?

LE MARQUIS

Mais oui, c'est tout.

CYRANO

C'est vraiment peu de chose !
Car, voici sur mon nez, comment parfois je cause :
Oui, c'est un maître nez : *nez gros... un nez patent*
Qui m'occasionna plus d'un fait embêtant ..
Cavalier, bourgeois, valet courbant l'échine,
Chacun, en le voyant ricane, et mon *nez chine,*
Il doit au quolibet offrir une rançon...
Et plus d'un gai rimeur fit sur mon *nez chanson*
Je voudrais quand de lui, sans cesser on se gausse,
Etre un négociant, car j'aurais un *négoce...*
En vain je veux passer, sans pompe, sans éclat
Partout où je me tiens, on ne voit mon *nez qu'là...*
Au bord de l'Océan, il devient un *nez phare*
Comme en chemin de fer, il serait un *nez gare* ..
Quand je lis, il me faut, lorgnon et réflecteur
Car de bien loin je suis, avec mon *nez, lecteur* ;
Avec un chalumeau, je bois et bock et chope !
Sans quoi ce n'est que mousse hélas, que mon *nez*
[*chope*
L'Arabe, en le guignant, serait pris de respect
Il dirait, j'en suis sûr... "ça doit être *un nez cheik* !"
De près d'Ajaccio, pays à rude écorce,
Que ne suis-je natif !... il serait mon *nez Corse* !...
Il a l'air, en été, d'un pauvre poisson blanc
Alors que de sueur, on voit mon *nez perlant* !
Le moutard, qui revient, le soir, de son école
D'un primitif dessin sur le mur mon *nez colle*
Et si d'éternuer, j'ai besoin imminent ..
Chacun de s'écrier : mais c'est *un nez tonnant...*
Il rend en se mouchant un son de cor de chasse,
Bref, il est affreux !.. Mais de race, mon *nez chasse* !...
Donc, n'en parlons jamais, sans ça...
(*frappant sur son épée*)
Voilà le hic !...
Ma foi, si c'est un tic... Eh bien ! *mon nez l'a c'tic* !...

LE MARQUIS, *riant jaune.*

Je trouve son tic, toc.

CYRANO

Vous dites, l'imbécile?

LE MARQUIS

Faire des calembours n'a rien de difficile.

CYRANO, *outré*

Tu blagues mes bons mots, et mon nez te déplait.
Nous allons en découdre, en faisant un couplet.
Il dégaine.) — *annonçant*
Chanson sur mon duel avec certaine andouille !

LE MARQUIS

Quoi ! vous intitulez ?

CYRANO

Les titres ! Je les mouille !

COUPLET

AIR : *Le duelliste provençal*

Mon cher, il faut vous méfier,
A la fin du couplet j'embroche ;
Si je n'ai pas un cœur de roche
Je possède un poignet d'acier.
Je vais d'abord choisir la place
Où je veux que ma lame passe
Puis, par un coup, qui n'est pas laid
J'embroche à la fin du couplet.
Pouss'rai-je ma botte
Dans une côte,
Ou la culotte
Dans l'humérus,
Le radius
Dans l'cubitus ?
Est-ce au sourcil
Sous l'abattis
Ou dans l'nombril,
Est-c' l'oreill' fine
Que j'assassine,
Est-c' la poitrine,
Est-c' la narine
Ou ta sal' bobine,
Sera-ce au front,
Dans le bedon
Ou dans l' croupion ?
Attention !
V'la l'coup d'bouton !
(*Il le touche.*)
(*Après le duel.*)

TOUS

Ah ! bravo !

UN OFFICIER, *s'approchant.*

Votre fer toujours dans la garde erre
Compliments, c'est parfait !

CYRANO, *cherchant son nom.*

Monsieur ?

L'OFFICIER

De Lagardère.
De ce pauvre marquis j'ai ri comme un bossu
Car moi je n'ai jamais un tel coup *si beau, su* !
(*Il sort*).

FRANGIPANE, *lui donnant une fleur.*

Prenez, cher Cyrano, prenez, je suis ravie.

CYRANO

Cette fleur sera le plus beau jour de ma vie !
(*Ils causent tous deux — à droite*).

LE MARQUIS, *à part.*

Ah ! je veux me venger de cet homme au long nez !
(*S'en allant*).
Mais au bouillon Duval, allons d'abord dîner
Au dessert en mangeant du fromage de Brie
Je veux y méditer quelque canaillerie.
(*Il sort*).

SCÈNE VI

LES MÊMES, *moins* **le Marquis**.

FRANGIPANE

Au revoir Cyrano !
(*Cyrano s'incline passant à gauche, Frangipane, à part*).
Qu'il est laid ! ah ! vraiment
Son nez est toquard, mais il parle élégamment.

CYRANO, *à part.*

Elle m'a reluqué, je me fais de la bile !

FRANGIPANE, *à la dame.*

Chère belle, venez, j'ai mon automobile !
(*Elles sortent*).

SCÈNE VII

LES MÊMES, *moins* **Frangipane** *et la* **Dame**

LABRAISE, *frappant sur l'épaule de Cyrano.*

Tu rêvasses, fiston ?
(*Ils causent à droite près de la marchande de café*).

1er PAGE

Si nous allions au bar

2e PAGE

A quoi bon, sur ce banc, faisons un zanzibar !
(*Ils s'installent à califourchon sur le banc à gauche. Le violon les regarde*).

CRISPAN

C'est trop commun pour moi, je vais aller au cercle.
(*Il sort*).

CYRANO, *à la marchande.*

Ta soupe sent trop bon, ferme mieux le couvercle.

LABRAISE

Cela me donne faim.

CYRANO

M'aimera-t-elle un jour ?

LABRAISE

Oui, mais en boulottant, on jase mieux d'amour ;
Allons chez Ragueneau, nous casserons la croûte.

CYRANO

Non, merci.

LABRAISE

Quelques bocks avec une choucroute ?

CYRANO

J'ai jeté mon argent !

LABRAISE

Tu fis le fanfaron !

CYRANO

Ah ! le geste était beau !.. mais je n'ai plus un rond !

LA MARCHANDE, *à part.*

Le brave gentilhomme !

CYRANO

Hé bien ! Ça te la coupe ?

LA MARCHANDE

Monseigneur, acceptez, du moins, ce bol de soupe;
(Cyrano fait signe que non).
Petit noir.
(Même jeu).
Un cognac ?

CYRANO

Merci de l'intention ;
Je refuse tout net, sans hésitation.

LA MARCHANDE

Acceptez, Monseigneur, je voudrais tant vous plaire
Que voulez-vous ?

CYRANO

Rien, je vis d'amour et d'eau claire.
(Elle le supplie du geste, il prend une tasse).
Un peu de café !
(Elle tend le sucrier).
Bien.
(Il prend un morceau de sucre)
Voyez comme un moutard
Pour vous faire plaisir, je vais prendre un canard !

LA MARCHANDE, *riant.*

Un canard, c'est très bien, vous êtes journaliste
Au revoir, Monseigneur, et ne soyez plus triste.
(Elle sort).

SCÈNE VIII

LES MÊMES, *moins* la **Marchande**, *puis un* **Tire-Laine.**

1er PAGE, *à gauche.*

Trois cents !

2e PAGE

Fampo !

1er PAGE

Veinard !

LABRAISE, *à Cyrano qui rêve à droite.*

Bondious ! quelle trompette !
Tu dois broyer du noir ?

CYRANO

Oui, je te le répète ;
Je viens de lui parler, de la manger des yeux...
Entrée du Tire-laine)

LABRAISE

Ce fut tout ton diner.

CYRANO

Je ne suis pas joyeux :
Car, ma vieille, j'ai peur que ma belle voisine ..
(A ce moment le Tire laine fouille dans sa poche).
Quel est celui-ci, qui dans ma poche voisine ?
Vite, un agent ?

LE TIRE-LAINE

Monsieur, y tenez-vous beaucoup ?
Lâchez-moi !
(Cyrano le lâche).

CYRANO

Picpoket !

LE TIRE-LAINE

Sachez qu'un sale coup
Vient de se comploter contre votre personne !...
(Il hésite).

CYRANO

Jaspine !

LE TIRE-LAINE, *hésitant.*

Ils sont beaucoup...

CYRANO

Rien ne me désarçonne

LE TIRE-LAINE

Eh bien, près du Pont-Neuf, ils sont...

CYRANO

Combien ?

LE TIRE-LAINE

Dix mille !

CYRANO

Que cela, seulement ?. alors, je suis tranquille

1er PAGE

Il est étourdissant !

LABRAISE, *à part.*

. Je suis tout alarmé !
Et cours vite acheter du taffetas gommé.
(Il sort vivement.)

CYRANO

Où court-il, l'animal ? Aurait-il donc la frousse ?
Pourvu qu'il n'aille pas faire venir la rousse !..
Dix mille contre moi ! ma foi ! Ce n'est pas trop !

2e PAGE, (*ou un cadet*).

Nous allons tous t'aider à leur trouer la peau !

1er PAGE (*ou un cadet*)

Mon épée a besoin de se mettre du rouge !
Nous te suivons !

CYRANO

Non, non, que personne ne bouge !
Je veux y aller seul et je pars sans émoi !

2e PAGE

Tout seul, c'est imprudent !

CYRANO

Mon nez est avec moi !
(*Aux pages.*)
Mettez-moi sur la route...
(*Au violon*)
Ah ! toi, vieux, en cadence,
De ces pâles voyous tu conduiras la danse,
Venez, les camaros ! Suivez-moi tous gaîment !

1er PAGE

Nous allons t'escorter.

CYRANO

Quelques pas seulement.
Plusieurs piles, à moi !.. Sandious ! les imbéciles
Verront que Cyrano sait mettre un *terme aux piles* !
(*Ils le suivent en brandissant leurs chapeaux. Le violon joue un air, la marchande tape sur un réchaud.*)
(*Un machiniste entre et retourne le Guignol qui, sur l'autre face, représente la maison de Frangipane avec fenêtres et portes petites, mais praticables.*)

SCÈNE IX

Cyrano *entre vivement, marchant à grands pas.* **Labraise,** *son ami, le suit avec difficulté ; ils font plusieurs fois le tour de la scène, marchant de plus en plus vite.*

LABRAISE, *essoufflé.*

Ami, me prends-tu donc pour quelque Chemineau !
De grâce, arrêtons-nous, voyons, cher Cyrano...
Et conte-moi plutôt comment sur cette berge.
Tu frappas tant de gens de ta bonne flamberge.

CYRANO

Bah ! dix mille bandits, sur la route embusqués
Par quelques sots marquis insolents et musqués,
Qu'hier je châtiai sans aucune vergogne
Au sortir du Guignol de l'hôtel de Bourgogne...

LABRAISE

Dix mille ! Mes esprits en sont tout épatés.
Ils étaient tant que ça ?

CYRANO

Oui, je les ai comptés !

LABRAISE

Dis-moi comment tu fis pour les mettre en dé-
[route.

CYRANO

D'abord, m'apercevant tout au loin sur la route,
Quelques milliers déjà moururent de frayeur :
Je les menaçais tous de mon nez batailleur.
Cela suffit.

LABRAISE

Tu dis ?

CYRANO

Ma glorieuse épée
Ne pouvait se commettre en pareille équipée
Et je parvins, pitchoun, à les exterminer.
Cognant de-ci, de-là, frappant... avec mon nez ;
Mon brave pif allait, et d'estoc et de taille,
Et tous deux, nous avons gagné cette bataille !
(*Labraise le regarde, ahuri*).
Va, tu peux admirer ma trompe d'éléphant
Les obstacles, mon bon, toujours *mon nez les fend !*

LABRAISE

Vraiment, j'en suis baba ! Nez extraordinaire !
Il tient de la citrouille et du paratonnerre !
Mais ses exploits nombreux l'ont fort endommagé !
Comme nez, le bon Dieu t'a trop bien partagé !
En voyant ce pieu planté dans ta figure,
On dirait un groin émergeant d'une hure !

CYRANO, *furieux.*

Si tu n'étais, Labraise, un intime copain,
Je te ferais ici passer le goût du pain !... [panne,
Mais avec toi, mon vieux, ma fureur reste en
Car, à toi seul j'ai dit que j'aimais Frangipane.

LABRAISE

Ne te fâche donc pas... d'ailleurs, pas de témoins :
Ecartons ce sujet, et causons, *nez en moins.*
La belle Frangipane aime la poésie.
Certes, tu n'es pas beau : pourtant, par fantaisie
Les femmes de Paris ont des béguins, ma foi
Pour des hommes très laids, tout aussi laids que
[toi !

CYRANO

Alors, j'ai de l'espoir ! quel rêve, camarade !..
(*Il songe*).

LABRAISE

A l'hôtel de Bourgogne, où tu fis algarade
Hier soir, dans sa loge, elle ouvrait grand ses yeux.

CYRANO, *funébro-comique.*

Quand on ne me voit pas, cela vaut beaucoup
[mieux.

LABRAISE

Allons, ne gémis pas ; cela viendra, te dis-je ;
Pour lui plaire, souvent, tu fis plus d'un prodige.
Elle s'en rendra compte et tu verras, mon bon,
Qu'un jour tu lui diras : « T'es belle et tu sens
[bon ! »

CYRANO, *qui regardait au fond, descendant.*

Cher ami, brave ami, serais-tu donc mascotte ?
Une femme, là-bas, vient, relevant sa cotte,

LABRAISE

Serait-ce Frangipane ?

CYRANO

Non.

LABRAISE

Serait-ce sa sœur !

CYRANO

Non.

LABRAISE

Serait-ce son frère ?

CYRANO

Eh ! non, affreux raseur !

LABRAISE

Serait-ce son portier ?

CYRANO

Non, non ! sous cette mante,
Je pressens la duègue.

LABRAISE

Eh bien, de ton amante
Elle te donnera sans doute un billet doux

CYRANO

Maboul !

LABRAISE

Chut ! la voici !

SCÈNE X

Les Mêmes, la Duègue.

LA DUÈGUE, *entrant.*

Messieurs, lequel de vous
A pour nom Cyrano ?

CYRANO, *vivement.*

C'est moi qu'ainsi l'on nomme.

LA DUÈGUE

Prenez cette épistole. Adieu, mon gentilhomme !

CYRANO

Comme vous avez fait pour moi bien du chemin,
Je voudrais d'un pourboire égayer votre main,
Mais vous aurez la peau, hélas ! ma dèche est telle
Que je ne marche plus : ma bourse est en dentelle

LA DUÈGUE

Merci de l'intention (*à part s'en allant*). Quel sale
[purotin !]
(*la duègue sort*).

SCÈNE XI

Cyrano, Labraise.

CYRANO, *hume la lettre.*

LABRAISE

Lis !

CYRANO

Comme ça sent bon !

LABRAISE

Lis donc, sacré mâtin !

CYRANO, *lisant.*

« Je voudrais avec vous causer quelques minutes
« Attendez-moi. Je sais quel bon ami vous fûtes
« Toujours pour moi. Cousin, vous avez le cœur
[tendre].
« Aimant, chevaleresque, il saura me comprendre
« Vous êtes aussi bon que vous êtes vilain,
« Et j'apprécie en vous le poète malin
« Je vous le prouverai. Des baisers...Frangipane..
(*Cyrano pousse des soupirs comiques.*

LABRAISE

Calme-toi ! l'on dirait que l'amour te trépane.
N'avais-je pas raison ? Tu vois, c'est un béguin !
Veinard !

CYRANO, *le poussant.*

Vite va-t'en !

LABRAISE

(*A part*) Ah ! Ça m'en bouche un coin !
(*Il sort*).

SCÈNE XII

Cyrano, *puis* **Frangipane.**

CYRANO

(Il tire un peigne, une brosse, une glace et un vaporisateur de ses poches et se bichonne. Se regardant dans une glace de poche, se mettant de la poudre de riz au nez avec un pompon.

Devant un pif pareil, un blair si ridicule
J'ai peur que son amour loin de moi se recule,
Ban ! il vaut mieux, dit-on, pour servir Cupidon,
Dédaigner le nez court pour l'amant au nez long.

FRANGIPANE, *entrant.*

C'est gentil, Cyrano, de m'avoir attendue
(Elle lui tend la main).

CYRANO

Je dépose un baiser sur votre main tendue.
(Il veut lui embrasser la main son nez le gène).

FRANGIPANE

Faites attention, vous allez vous cogner !

CYRANO

C'est mon nez !

FRANGIPANE

Il faudrait vous le faire rogner !

CYRANO, *outré.*

Hein !

FRANGIPANE, *câline.*

Vous seriez moins laid...
(Mouvement de Cyrano)
Plus joli, veux-je dire.
Oui, je vous voudrais beau, très beau ; car sans [médire],
Vous êtes plutôt toc !
(Mouvement. Plus câline).
Mais, je vous aime ainsi
Je vous aime beaucoup.

CYRANO, *caressant son nez avec fatuité. A part.*

Enfin ! Nous y voici !

FRANGIPANE

C'est pour ça que je viens, tremblante, toute émue
Vous dire : Cyrano ..

CYRANO, *à part.*

Comme mon nez remue !...

FRANGIPANE

A quelqu'un j'ai donné mon amour et ma foi..,
Il est fier !

CYRANO, *à part.*

C'est bien moi !

FRANGIPANE

Très brave !

CYRANO

C'est bien moi !

FRANGIPANE

Généreux !

CYRANO

C'est bien moi !

FRANGIPANE

La taille fait au moule

CYRANO, *à part.*

C'est bien moi !

FRANGIPANE

Beau visage !

CYRANO *désillusionné.*

Hélas ! que j'étais moule

FRANGIPANE

Celui que j'ai choisi comme futur amant
S'est engagé cadet dans votre régiment

CYRANO, *à part.*

C'est trop fort de café

FRANGIPANE

Dans l'Hôtel de Bourgogne
Il était...

CYRANO

Vous aimez un cadet de Gascogne ?

FRANGIPANE

Vous êtes, Cyrano, plus fin que le renard,
Aussi vrai que j'imite un peu Sarah Bernhard,
Et je vous aime, vous, comme un frère.

CYRANO *accablé, à part.*

Oh ! ma mère !

FRANGIPANE

L'autre, c'est mon chéri !

CYRANO

Ah ! je la trouve amère !
C'est un coup d'assommoir... c'est un four inouï !

FRANGIPANE

Vous êtes mon ami ?

CYRANO

Certes !

FRANGIPANE

Un vrai ?

CYRANO

Mais oui !

FRANGIPANE

Je vais vous demander un immense service..-
(le cajolant et lui embrassant le nez)
A vous, homme bien né.

CYRANO, *flatté.*

Que vous avez du vice !

FRANGIPANE *toujours câline.*
Il faut aimer qui j'aime et pour lui...

CYRANO

Cependant...

FRANGIPANE, *lui mettant la main sur la bouche.*

Pour lui, soyez bon, bon !

CYRANO

Bon, bon, comme un fondant !

FRANGIPANE

Le beau gars que je gobe est bête, bête, bête !
Il mérite son nom : Crispant La Gourdiflette.

CYRANO

Vilain nom !

FRANGIPANE

Mais celui qui le porte est si beau
Que j'ai grand peur, ami, qu'on lui fasse bobo.
Jurez-moi, Cyrano, de veiller sur mon homme,
Et, plus tranquille, alors, je rentre dans mon [« home. »
Jurez-moi d'ouvrir l'œil sur ses jours précieux,
Jurez de préserver son minois gracieux,
Je crains pour lui, j'ai peur, je me sens l'âme veule
Jurez-moi d'empêcher qu'on lui casse la...

CYRANO *l'interrompant.*

Seule
Vous domptez Cyrano, ma volonté s'endort
Et ne peut résister, femme, à votre voix d'or.
Après, vous vous paierez peut-être ma figure
C'est stupide, idiot ! Ma foi, tant pis ! Je jure !

FRANGIPANE

Merci. Je veux encore que par vous mon aimé
Apprenne que mon cœur pour lui n'est pas fermé.

CYRANO

Non ! Non !

FRANGIPANE

Je veux enfin que mon amant gourdé
Devienne, grâce à vous, bavard et décidé. [bien,
Car c'est vraiment fâcheux : cet homme bien, si
Quand il est près de moi...

CYRANO

Que dit-il ?

FRANGIPANE

Rien, rien, rien !

CYRANO

Qu'y puis-je faire ?

FRANGIPANE

Il faut lui souffler de ces phrases
Qui viennent nous griser au milieu des extases,
Vous devez savoir, vous, tant de mots polissons !

CYRANO

Il faut qu'à votre amant je donne des leçons ?
Soit ! D'un galant sans voix je sais faire un bon [chantre !

FRANGIPANE

Vous êtes vraiment bath ! A la maison je rentre.
Ce soir, je me mettrai là-haut, sur mon balcon
Saura-t-il roucouler ?

CYRANO

Comme un ardent Gascon !

FRANGIPANE

Si vite que cela ? Vous vous vantez peut-être ?

CYRANO

Une leçon suffit quand on me prend pour maître.

FRANGIPANE

Alors, merci d'avance.

CYRANO

Il n'y a pas de quoi.

FRANGIPANE

Si ! si ! puisqu'autrefois il restait toujours coi !
(avec flatterie)
A votre nez je trouve une silhouette exquise.
Bonsoir, mon Cyrano.

CYRANO

Révérence, marquise.
(Salutations comiques. Elle entre dans la maison).

SCÈNE XIII

Cyrano, *seul.*

Comme un conscrit, vieux daim, tu t'es laissé berner!
La femme m'a conduit par le bout de mon nez,
— Avec moi c'est facile, il y a de la prise !...
(*songeur*)
Ainsi, ma Frangipane est, pour de bon, éprise ;
Elle a, pour ce benêt, un béguin sérieux.
Ah ! Rien que d'y penser je me sens furieux !
Nous verrons ce qu'il a, le lascar, pour lui plaire.
Je vais marcher un peu pour calmer ma colère.
(*il sort*)

SCÈNE XIV

Le Capitaine, Labraise, Gourdiflette, huit Cadets de Gascogne.

Apportant chacun une chaise. — Ils entrent en causant, du côté opposé, Labraise au milieu. Il termine le récit du combat conté scène IX). (Ils s'assoient).

LABRAISE

Oui, messieurs, le combat ainsi se termina.
Ce n'est qu'avec son nez qu'il les extermina !

1er CADET

Dix mille !

2e CADET

Surprenant !

3e CADET

Quel nez ! quel nez ! bagasse !

GOURDIFLETTE, *railleur.*

C'est un nez du midi !

LABRAISE

Ce type-là m'agace
Et je vais le larder !

4e CADET

Laisse, c'est un nouveau
C'est frais, c'est rose et blanc.

LABRAISE

Oui l'on dirait du veau !

5e CADET

Quel combat singulier ! N'avoir qu'un nez pour [arme !

6e CADET

Cela devait, bon dious ! avoir un certain charme !

7e CADET

Nous ne saurons jamais comment ça s'est passé !
Je crains de Cyrano le geste courroucé.

GOURDIFLETTE

Si modeste que ça, le grand homme invincible !

8e CADET

Non, jeune blanc-bec, non ; mais il est irascible !

LE CAPITAINE

Un seul mot sur son nez, un seul, vous entendez,
Mon Cyrano dégaine et vous vous étendez !

GOURDIFLETTE

Je pourrais bien aussi ne pas me laisser faire.

1er CADET, *du fond.*

Le voici, vous allez pouvoir vous satisfaire,

SCÈNE XV

Les Mêmes, **Cyrano.**

TOUS

Bonjour ! bonjour !

CYRANO

Bonjour !

LABRAISE, *bas à Cyrano se levant.*

Eh ! bien, mon Cyrano
Tu l'as vue ?

CYRANO

Oui !

LABRAISE

Ça y est ?

CYRANO

Non, je suis un fourneau,
Elle gobe un cadet : Crispant La Gourdiflette.
Connais-tu le monsieur ?

LABRAISE

Tiens, ce grand, à l'air bête,
Qui s'avance vers toi.

CYRANO

Il m'est très sympathique
Je crois voir marcher un bâton de cosmétique.
(Labraise remonte. Gravement, Gourdiflette s'est approché. A cheval sur sa chaise il regarde longuement le nez de Cyrano).

GOURDIFLETTE

Si votre nez, monsieur, un jour fait des petits,
Je vous en retiens un !
Tous les cadets se lèvent.

1er CADET, *à part.*

Gare à ses abattis.

CYRANO, *furieux.*

Capé dé dious !
(*Se calmant*).
Plait-il ?

GOURDIFLETTE

Je disais que j'admire
Ce nez phénoménal. C'est un beau point de mire
Pour la guerre : il faudra le faire raboter. (*Tous les cadets passent derrière leurs chaises*).

CYRANO

Sandious !

GOURDIFLETTE

Quel pif ! quel pif !
(*Les cadets effrayés saisissent leurs chaises*).

CYRANO

Bon dious !

2e CADET

Il va sauter !

GOURDIFLETTE

Quel blair ! (*Les cadets retournent leurs chaises*).

CYRANO

Scregnongneugneu !

LE CAPITAINE

Prépare ta carcasse !

CYRANO

Il faut... (*Les cadets montent sur leurs chaises*).

GOURDIFLETTE

Quoi donc ?

CYRANO

Il faut, il faut que je t'embrasse !
(*Ils s'embrassent. Accolade comique avec le nez de Cyrano*).

TOUS *surpris.*

Ah ! (*Ils retombent assis sur leurs chaises.*

LE CAPITAINE

Qu'est-ce qui lui prend ?

3^e CADET

On blague son tubar,
Il ne se fâche pas !.

4^e CADET

Nous allons, sans retard
Profiter de l'occase.

LE CAPITAINE

Avançons tous ensemble
Pour le blaguer en chœur...
(*Ils avancent en montrant du doigt le nez de Cyrano, et tenant tous leurs chaises qu'ils emportent au moment de la sortie*).

CYRANO, *fait un bond terrible.*

Sandious ! Bien, quoi ? l'on tremble.
(*Ils reculent. Cyrano avancent sur eux. Jeu de scène*).
Cloportes mal léchés ! voulez-vous déguerpir
Ou comme les dix mille il vous faudra périr.
Voudriez-vous tâter de cette arme nouvelle
Qu'à vos yeux ahuris devant vous je révèle.
(*Il les pousse avec son nez*).
Pif! Paf! Pouf! Gare à vous! Oui, pour vous étonner
Je vais tous vous chasser, tous, rien qu'avec mon nez!

SCÈNE XVI

Cyrano, Gourdiflette, *puis* **Frangipane.**

CYRANO

Maintenant, à nous deux !

GOURDIFLETTE

J'affronte ta colère.

CYRANO

Lagourdé, dans mes bras! Je t'aime comme un frère!
(*Ils s'embrassent*).

GOURDIFLETTE

Pourquoi ça !

CYRANO

La raison ?... Voici : j'aime une femme
Qui ne gobe que toi !

GOURDIFLETTE

Quel bizarre amalgame !

CYRANO

Enfant, ne cherche pas ; c'est bête, mais c'est beau !
Tu l'aimes, elle t'aime, et moi, j'aurai la peau !

GOURDIFLETTE

Mais pourtant...

CYRANO

Non, tais-toi. Dépêchons, car ça presse
Elle veut que ce soir dans tes bras tu la presses

GOURDIFLETTE, *enthousiasmé.*

Frangipane voudrait...

CYRANO

Ecouter les chansons
De ton cœur, puis, après dire : recommençons l'

GOURDIFLETTE

C'est qu'à ma voix j'ai peur qu'elle ne reste sourde
Près des femmes, vois-tu, je suis comme une [gourde !

CYRANO

C'est ce qu'elle m'a dit.

GOURDIFLETTE

J'ai physique et maintien...

CYRANO

Il faut aussi parler...

GOURDIFLETTE

Je ne dis rien ! rien ! rien !

CYRANO

Ce n'est pas assez ; mais, pour séduire la belle,
Je t'apprendrai ce soir la bonne ritournelle
Sur un air pimenté...

GOURDIFLETTE

Je n'aurai pas le temps
Voici que de sa porte elle ouvre les battants,
Mais, que lui dire, ami, pour que son cœur s'en- [flamme ?

CYRANO

Dis-lui tout simplement : je t'âm', je t'âm', je t'âme
Un peu de châleur et tout ira. La voici !...
(*Il sort vivement*).

SCÈNE XVII

Gourdiflette, Frangipane, *puis* **Cyrano.**

FRANGIPANE

Tiens ! c'est vous, Gourdiflette ?

GOURDIFLETTE

Oui, je suis par ici
En passant je passais...

FRANGIPANE

Ça mérite épigramme
Parlez plus gentiment.

GOURDIFLETTE

Je t'âm', je t'âm', je t'âme !

FRANGIPANE

Rappelez-vous, monsieur, que j'ai l'esprit lettré
Et que d'un mot banal mon amour est outré !
Pour me faire la cour changez un peu de gamme
Allons, voyons, j'attends.

GOURDIFLETTE

Je t'âm', je t'âm', je t'âme !

FRANGIPANE

Vous me faites, mon cher, m'emporter en argot,
Fermez ! J'en ai soupé ! Vous n'êtes qu'un nigaud !
(*Elle rentre dans la maison*).

GOURDIFLETTE

Il n'y a pas d'erreur, je ne sais pas m'y prendre
Et je crois, sans parler, me faire mieux comprendre
(*appelant*) Eh ! Cyrano ?

CYRANO, *entrant.*

Eh bien ?

GOUDIFLETTE

La veste, le four noir !
(*Frangipane parait au balcon*).

CYRANO

Au balcon la voilà. (*La nuit vient.*)

GOURDIFLETTE

Non, je n'ai plus d'espoir
Rien qu'en la regardant tout mon être se glace

CYRANO

Ne pleure pas ! Je vais roucouler à ta place.

GOURDIFLETTE

Vrai ! tu ferais cela ? C'est gentil, mon bichon
Tu vas mieux que moi lui monter le bourrichon.

CYRANO

Ce que je vais faire est d'autant plus méritoire
Qu'après, c'est toi qui vas... Bref je serai la poire !
(*à Frangipane qui est à sa fenêtre*)
Ma crotte ?..

FRANGIPANE

Encore vous !

CYRANO

Enfin, je vous revois

FRANGIPANE

Je ne reconnais plus le son de votre voix !

CYRANO

C'est parce que, la nuit, je deviens ventriloque
Surtout quand, près de vous, mon cœur bat la [breloque !]

FRANGIPANE

Parlez !

CYRANO, *à Gourdiflette.*

Je vais gagner la partie en cinq sec !
(*à Frangipane*).
J'en pince, mon coco, pour ton cher petit bec
Si tu veux, nous allons plaquer le platonique
Car l'amour pur, mon chou, n'est pas assez tonique!
Veux-tu, mon canard bleu, m'abriter sous ton toit?
Tu verras, je serai bien gentil avec toi.

FRANGIPANE

Ah ! parle ! parle encor !

CYRANO

Déjà ton corps se cambre,
Pensant que nous ferions de la musique en chambre.
Oui, oui, nous chanterons des duos épatants
Qui te feront crier : « bis ! bis ! bis ! » tout le temp

FRANGIPANE, *minaudant.*

Vrai ! t'es rien polisson !

CYRANO

Des choses sans pareilles
Vont venir offusquer tes pudiques oreilles.

FRANGIPANE

Tu les diras tout bas, on peut nous épier
Monte vite, voici ma clef dans du papier.
(*Elle lui jette une grosse clef enveloppée dans du papier blanc.*)
Viens vite, mon chéri ! (*Elle disparait*)

GOURDIFLETTE, *dansant.*

Ah ! sa clef ! J'ai sa clef !

CYRANO

Bondiou ! je l'ai reçue en plein, là, sur mon nez !

GOURDIFLETTE, *s'escrimant après la serrure*

Je n'y arrive pas ! Ah ! maudite serrure !

CYRANO, *à part.*

O fleur de pocheté !

GOURDIFLETTE

Combien le temps me dure !

CYRANO, *à lui-même.*

Sois poire jusqu'au bout ! (*à Gourdiflette donnant la clef.*) Donne ça, je te dis.
(*Ouvrant la porte.*)
Là ! Vas-y ! C'est moi qui t'ouvre le paradis !

GOURDIFLETTE

Ah ! merci ! (*il lui prend la main*).

CYRANO

C'est bon, va !
(*Gourdiflette entre vivement*)
Voyez comme il décampe !
(*Bruit de coulisses. Une chute.*)
Ne te presse donc pas, petit, tiens bon la rampe !

SCÈNE XVIII

Cyrano, *seul.*

(*Un temps. Il se gratte le nez, marche et exprime dans une scène muette la pénible situation dans laquelle il se trouve*).
Voici, maintenant, des ombres sur les rideaux
On ferme les volets ! je vais tourner le dos,
(*Il se retourne, un temps. Jeu de scène*).
Puisque c'est par mes soins qu'il est là-haut, près d'elle
Je n'ai plus à présent qu'à tenir la chandelle.
(*Il allume une petite lanterne qu'il accroche après son nez*).
Il va se marier, grâce à toi, Cyrano
Et mettre, comme on dit, la tringle dans l'anneau !

SCÈNE XIX

Cyrano, Labraise, *puis* **Gourdiflette,** *et* **Frangipane.**

LABRAISE

Mon bon, je te cherchais, Quelle mine hagarde
Que fais-tu là ?

CYRANO, *mystérieusement.*

Plus bas ! Je dois monter la garde
Ayant pris pour fusil un jaune chandelier,
Crispan par des serments, là-haut va se lier...

LABRAISE

Ils doivent sûrement se ficher de ta tête,
Le service du roi vient troubler leur causette

CYRANO

Le service du roi ?

LABRAISE

Dans les Flandres, là-bas
Tous les cadets s'en vont livrer de grands combats !
(*Il se dirige vers la maison*).

CYRANO, *l'arrêtant.*

Attends encore un peu !

LABRAISE

O bêtise sans bornes !
Chaque moment de plus peut allonger tes cornes !
(*Criant*).
Aux armes, citoyen !

CYRANO

Las ! du pauvre garçon
Cela va couper net la timide chanson :

LABRAISE

Aux armes, cotoyen !

GOURDIFLETTE, *à la fenêtre.*

Labraise ! Qu'y a-t-il ? une alerte ?
Non pas, c'est pour de bon.

GOURDIFLETTE

Zut alors ! elle est verte.
Je n'ai pas encor dit quelques mots indécents...

LABRAISE, *l'appelant du geste.*

Le service du roi !

GOURDIFLETTE

A regrets, je descends !
(Il rentre dans la maison).

CYRANO, *serrant la main à Labraise.*

Merci d'avoir coupé la fin de la romance

GOURDIFLETTE, *entrant un peu débraillé.*

Comme c'est rigolo, plein d'ardeur, je commence
A me mettre à souper... et c'est déjà la fin !

CYRANO, *sentencieux.*

Il vaut mieux se lever de table en ayant faim

FRANGIPANE, *à la fenêtre.*

Qu'est-ce donc, messeigneurs ?

GOURDIFLETTE

Mon loup, point ne t'effare
Nous mettons sac au dos.

FRANGIPANE

Quel coup pour la fanfare
Ah ! je sens de frayeur tout mon corps se ployer
Et vais boire de l'eau de mélisse à Boyer
(Elle rentre).

GOURDIFLETTE

Mais quel train prenons-nous ?

CYRANO

Train direct pour Arras
Où nous allons rosser les bons Espagnolas !
(à Gourdiflette).
Au feu, comme en amour, ne sois pas si ganache
Venez, messieurs, venez ! Et suivez mon panache
Entraîné par les vers du poète Rostand
L'ennemi comprendra pourquoi je *le ross'tant* !
(Ils sortent).

(Changement à vue.)

(Le machiniste entre et place au fond la maison, dont une partie ou un panneau se déclanche et représente un petit retranchement. Il sort ensuite Les cadets de Gascogne entrent et s'asseoient çà et là. Les autres flânent. Au fond une sentinelle).

SCÈNE XX

Le Capitaine, les huit Cadets, Labraise, *puis* **Gourdiflette.**

1er CADET, *jouant sur un tambour.*

Pique !

2e CADET

Atout !

3e CADET

Carreau !

4e CADET, *couché.*

Bondious ! quelle purée !

5e CADET

Sandious ! la campagne est de trop longue durée.

1er CADET, *jouant, il crie.*

Le Roi !

LE CAPITAINE

Fixe ! à vos rangs !
(Mouvement général)

1er CADET, *riant.*

Eh ! non ! c'est dans mon jeu !

6e CADET

Vieux daim !

7e CADET

Rossard !

1er CADET

Faut bien que l'on rigole un peur

LABRAISE

Elle est assez rasoir, cette maudite guerre.

3e CADET

Depuis près de six mois l'on ne s'amuse guère !
(Entre Gourdiflette).

LE CAPITAINE

Hé ! La Gourdiflette ! hé ! Quoi de nouveau ? fiston

GOURDIFLETTE

Rien ! rien ! rien !

LE CAPITAINE

Quel Refrain !

1er CADET

Sandious ! quand mange-t-on

LE CAPITAINE

Demain.

LABRAISE

Toujours demain !

LE CAPITAINE

Serre encor ta ceinture !

LABRAISE

Je l'ai mangée hier : c'est bon le cuir bouilli !

3e CADET

Ni femmes ni repas, ce qu'ici l'on vieillit !

SCÈNE XXI

Les Mêmes Cyrano.

CYRANO, *entrant*

Tous les jours un peu plus, c'est chose indiscutable,
Mais vous ne pensez donc qu'à vous flanquer à table?
Goinfres, m'entendez-vous, sans cesse ronchonner,
Nous sommes deux pourtant, moi d'abord, puis [mon nez].
(*tous rient aux éclats*)
Bien ! d'un éclat de rire un soldat français dine,
Que pour notre dessert, un cadet, en sourdine
Nous chante un gai couplet, un couplet du midi,
Ce sera du soleil pour le plus engourdi.

UN CADET (*ad libitum*).

Un couplet du midi... mais pour telle besogne
Rien ne vaudra le chant des cadets de Gascogne !

COUPLET

AIR DE : *Hardi les bleus.*

I

S'il faut vider de vieux flacons,
Les gais Gascons
Sont toujours tout prêts
Toujours tout prêts
A boire frais !
Et s'il faut, après, batailler
Et ferrailler
Ils combattront et verseront
Leur sang généreux et bouillant
Sauront souffrir, sauront mourir
Pour la France en chantant
Jambe de coq, moustache en croc !
Ce ne sont pas des freluquets
Que les cadets de la Gascogne,
Ils ne sont pas coquets,
Mais gare quand on cogne.
L'épée au poing, plume aux toquets,
Fermes jarrets,
De Gascogne ils sont les cadets,
Ces fiers cadets !

II

S'il faut enlever des bastions
En gais Gascons
Sont toujours tout prêts
Toujours tout prêts
A s'mettre en frais.
Et s'il faut faire des cocus
Chez les vaincus
Ils les feront
Et s'y mettront
Sans la moindre hésitation
Femmes diront,
Et rediront
Lorsque les gaillards partiront
Jambes de coq.
etc...

LE CAPITAINE

Afin de digérer notre collation
Allons tous visiter du fort le bastion !
(*Sortie générale sur la reprise du refrain, sauf Gourdiflette et Cyrano*).

SCÈNE XXII

Cyrano, Gourdiflétte.

GOURDIFLETTE

Mon Cyrano, la lettre à la femme que j'aime?

CYRANO

Comme tous les jours mise à la poste moi-même.

GOURDIFLETTE

Surtout soigne ton style afin qu'à mon retour
Je puisse achever mon premier duo d'amour.
(*Il sort*).

CYRANO

Ah ! mais ! ah ! mais ! ah ! mais ! il m'agace ! il [m'énerve !
Ce Lagourdé qui veut profiter de ma verve.
Quand on ne sait pas faire un peu de boniment
On s'établit eunuque, et l'on n'est pas amant !
Si ma belle était là, je dirais Frangipane...

SCÈNE XXIII

Cyrano, Frangipane.

FRANGIPANNE *entrant*

Que lui diriez-vous donc !

CYRANO

Comment vous ! ma sultane !
Vous Frangipane au camp ! j'en suis estomaqué !

FRANGIPANE

Mon Paris m'embêtait alors je l'ai plaqué !
Je viens aussi pour voir mon cher La Gourdiflette
Il m'écrit des billets, son âme s'y reflète,
Un amant écrivant des billets aussi doux
Mérite d'être aimé même aussi laid que vous !

CYRANO, *transporté*

Ah ! mon petit coco, mon cœur vers toi s'élance
C'est trop bête, à la fin, de garder le silence
De ces tendres billets, c'est moi qui suis l'auteur
Et l'autre soir, tu sais, c'était moi l'orateur !
Te jeter dans les bras de ce jeune bellâtre ?
Jamais ! ces blagues-là, ne se font qu'au théâtre !
Crispan peut se gratter ! ah ! coucou ! le voilà
L'écrivain, le parleur qui toujours te troubla.

FRANGIPANE

J'ai bien fait de venir !

CYRANO

Je te crois ma louloute.
Tu veux m'aimer, ma crotte ?

FRANGIPANE

Oui ! je suis à toi, toute !

CYRANO

O bonheur ! échangeons notre premier baiser !
(Il veut l'embrasser, mais son nez le gêne).

FRANGIPANE, *impatientée.*

Votre nez est gênant !

CYRANO

Il faudrait biaiser !
(Il met sa tête de travers. — Jeu de scène).
Sandious ! maudit sois-tu ! sale pif qui retarde
Le moment du baiser.
(Jeu de scène)
Je sens que la moutarde
Me monte au nez !
(Il éternue et éborgne Frangipane).

FRANGIPANE

Ah ! vous m'avez tapé dans l'œil !

CYRANO

Je t'ai tapé dans l'œil, ça me couvre d'orgueil,
Viens encor.

FRANGIPANE

Non ! je suis à bout de patience
Et ne veut plus tenter la sotte expérience !

CYRANO

C'est bien ! Adieu ! adieu ! c'est assez supplier
Je vais des Espagnols bouffer plus d'un millier !
(Il sort flamberge au vent en ferraillant dans le vide)

SCÈNE XXIV

Frangipane, Gourdiflette.

FRANGIPANE

Ce nez ! ce nez ! ce nez ! je vais le voir en songe
Comme du caoutchouc on dirait qu'il s'allonge !
Je suis dans un état, vraiment, c'est renversant,
Il me prive d'amour ce piton agaçant !
(Entrée de la Gourdiflette)
Oh ! mes nerfs ! oh ! mes nerfs ! je suis dans une rage
Si je pouvais...
(Gourdiflette s'est avancé. Il a un bandeau noir qui lui cache le nez, l'air souriant. Elle le gifle).
V'lan ! v'lan !
(Lui serrant la main)
Ah ! merci, ça soulage

GOURDIFLETTE

Quelle beigne ! est-ce donc pour me gifler ainsi,
Que vous venez, mon loup, me relancer ici ?

FRANGIPANE

Mais quel est ce bandeau qui couvre son visage

GOURDIFLETTE

J'explorais près d'ici tout seul le paysage
Un ennemi m'accoste... il m'eût vite abattu
D'un coup de sabre

FRANGIPANE

Quoi ?

GOURDIFLETTE

Le nez !

FRANGIPANE

Le nez ! dis-tu,
Comment tu n'en as plus et t'es plus sot qu'un âne
Jamais vous ne serez l'amant de Frangipane.

GOURDIFLETTE

Une femme toujours prend au moins un amant
Qui donc choisissez-vous ?

FRANGIPANE

Celui qui tendrement
Sut me parler d'amour toute une nuit entière !

GOURDIFLETTE, *railleur.*

Cyrano ? mais son nez l'a-t-il mis au vestiaire ?

SCÈNE XXV

LES MÊMES, **Cyrano.**

CYRANO, *entrant, superbe, il n'a plus de faux nez, il est rayonnant et porte beau.*

Non bélitre non, non ! pourtant sois étonné
Regarde Lagourdé, reluque moi ce nez !

FRANGIPANE

Grands dieux ! un petit nez ! quel miracle impos-
[sible !]

CYRANO

Aux Espagnols, sans doute, il a servi de cible
Un boulet l'emporta, flutt ! dans un coup de vent
D'autres seraient morts, moi, je suis plus beau
[qu'avant !]

FRANGIPANE

Dans tes bras, Cyrano, prends ta femme fidèle
(Ils s'embrassent)

CYRANO, *à Gourdiflette.*

A ton tour, mon colon, de tenir la chandelle !

SCÈNE XXVI

Les Mêmes, le Capitaine, *puis* **tout le monde.**

LE CAPITAINE, *entrant vivement.*

Madame, rangez-vous !... mes cadets en avant !
C'est l'instant de finir par un tableau vivant !

CYRANO

(Entrée générale des cadets sur l'air de : « Hardi les bleus », fusillade. Tous les cadets tombent sauf Cyrano.

UN OFFICIER ESPAGNOL, *émergeant du retranchement.*

Eh ! quels sont donc ces gens, à la mine hautaine
Qui nous flanquent des gnons et des paings par
[centaine]

CYRANO, *seul, debout, le dos au public.*

Ce sont les Cadets de Gascogne...
(Il se retourne et aperçoit tous les cadets couchés par terre.)

Air de la polka des Anglais.

Ah ! je la trouve amère,
Les voilà tous par terre,
Je suis seul, sort fatal
Pour le couplet final ;
Mes amis, vite, vite
Que chacun ressuscite
Et tous avec ardeur
Venez reprendre en chœur :

TOUS, *se relevant.*

Tra, la, la, la,
Pour not' Cyrano
Oh ! oh !
Un bravo
Tra, la, la, la
Si son nez le vaut
Oh ! oh !
Un bravo !

Vannes. — Imp. Lafolye, place de 2, Lices. — 907-98

AUTEURS	TITRES DES ŒUVRES	Hommes	Femmes	Prix nets
F. Chaudoir	Fête à Claudine (La)	1	1	4 »
E. Duhem	Fête à M. le Maire (La)	3	2	4 »
R. Planquette	Fiancé de Margot (Le) T.	1	1	6 »
Javelot	Fiancés berrichons (Les)	1	1	3 »
Soulié	Fiancés du bonnet de coton (Les)	1	1	5 »
L. Vasseur	Fichue idée T.	2	1	5 »
Liouville	Fièvre phylloxérique (La)	3	2	1 »
Berthe	Fille du charpentier (La)	3	1	1 »
Lebreton-Moreau	Fille du marin (La) T.	8	7	loc.
id.	Fils à Papa (Le) T.	troupe	»	loc.
Chanlieu et Bataille	Fils de M. Alphonse (Le) (vaud.) T.	troupe	»	loc.
Duroc-Mailfait	Five O'Clock de la Baronne	7	2	loc
Villebichot	Fleuriste et typographe	1	1	5 »
Divers	Françoise les bas bleus T.	troupe	»	loc.
Divers	Fantrognon T.	8	11	loc.
Lebreton-Moreau	Frère de lait (Le)	1	2	4 »
id.	Friquet T.	9	7	loc.
Cieutat	Furet (Le)	»	1	4 »
Moreau-Touzé	Gai gai mariez-vous !	4	3	loc.
Divers	Gavroche et Loup de mer	1	1	loc.
Lefort	Grand papa de la chanson (Le) T	1	1	3 »
M.-Brisac	Guerre aux hommes (La) T.	6	7	loc.
Lebreton-Moreau	Héritière de Carapattas (L') T	8	8	loc.
Villebichot	Hirondelles de la rue (Les)	»	2	3 »
Moniot	Jacotte	2	2	5 »
Nargeot	Jeanne, Jeannette et Jeanneton T	2	3	8 »
Michiels	Jefque et Tiinne	1	1	4 »
A. Perronnet	Je reviens de Compiègne	»	1	4 »
Bernicat	Jeunesse de Béranger (La) T	3	1	6 »
Lebreton-Moreau	Jocrisses du mariage (Les)	troupe	»	loc.
L. Collin	Journée aux soufflets (La)	1	1	4 »
Herpin	Ki-Ki-Ri-Ki T.	troupe	»	loc.
Desormes	Leçon de musique (La)	1	1	4 »
J. Clérice	Léda T	troupe	»	loc.
Cazaneuve	Loi du pal (La) T.	troupe	»	5 »
Moreau-Gramet	Ma Colonelle	2	2	loc.
De Ste-Croix	Madame de Rabucor T.	2	1	4 »
Clairville fils	Madame la baronne T.	1	1	4 »
Wachs	Madame le docteur	2	1	4 »
V. Roger	Mademoiselle Louloute	2	2	5 »
Bessière-Marinier	Maire et Martyr T.	3	2	loc.
Talexy	Maître Grelot	3	2	7 »
De Lajarte	Mam'zelle Pénélope T.	3	1	7 »
Jouhaud	Mariages riches	1	1	3 »
Moniot	Marianne et Jeannot T.	1	2	8 »
Tollet	Marié sans l'être	4	»	3 »
Simiot	Mariés de Nanterre (Les)	1	2	4 »
Chaulieu et Bataille	Marie, tu dors encore	troupe	»	loc.
Gresset-Bernard	Méfiez-vous d'Oscar T.	2	2	loc.
E. André	Melon (Le) (monologue saynète)	1	»	2 »
Desormes	Menu de Georgette (Le)	3	2	8 »
Ch. Gabet	Mérite des femmes (Le) (v.) T.	troupe	»	loc.
Lebreton-Moreau	Miss Kissmy T.	5	5	loc.
Bessier-Moreau	Môme aux Camélias (La) T.	troupe	»	loc.
Chassaigne	Monsieur Auguste T.	1	1	3 »
Lebreton-Moreau	Monsieur Sans Gêne T.	troupe	»	loc.
Joly	Myope et presbyte T.	1	1	4 »
Desormes	Nègre de la Porte St-Denis (Le)	3	3	3 »
E. Lhuillier	Nez enchanté (Le)	1	1	3 »
Herpin	Noce à Grospoulot (La)	5	7	loc.
F. Barbier	Noce à Suzon (La)	1	1	4 »
L. Collin	Noces d'or (Les)	2	1	5 »
Moreau-Gramet	Nos petites Chattes	3	5	loc.
Lebreton-Moreau	Nos voisins T.	6	6	loc.
V. Roger	Nourrice de Montfermeil (La)	2	3	6 »
Ch. Gabet	Nouvel Achille (Le) (vaud.) T	3	1	6 »
Touzé Prud'homme	Nuit de Noces de Beauflanchet	6	4	loc.
Jacobi	Nuit du 15 octobre (La) T.	3	1	6 »
Dédé fils	Oncle et Neveu	3	»	3 »
Dufils	Paille et la Poutre (La)	»	2	6 »
Billemont	Pantalon de Casimir (Le)	1	1	6 »
A. Petit	Par autorité de Justice T.	5	3	loc.
F. Barbier	Par la fenêtre	1	1	4 »
J. Walter	Par la Gymnastique T.	2	1	loc.
Ed. Lhuillier	Pasquinette	1	1	3 »
L. Collin	Petit Saphi (Le)	3	3	5 »
Lebreton-Moreau	Petite baronne (La) T.	troupe	»	loc.
Linas	P'tite bête vit encore (La) T.	1	6	4 »
Lebreton-Moreau	Petite colonelle (La) T.	8	1	loc.
id.	Petites Menichons (Les) T.	troupe	»	loc.
A. Petit	Petits lapins (Les) T.	troupe	»	loc.
J. Clérice	Phrynette T.	troupe	»	loc.
F. Barbier	Points jaunes (Les)	1	1	5 »
F. Barbier	Poupée automate (La)	1	1	4 »
F. Barbier	Premières armes de Parny (Les)	1	3	5 »
Moreau	Professeur de chant	1	1	3 »
De Ste-Croix	Pygmalion T.	1	2	6 »
Garnier-Héros	Queue du Diable (La) T.	troupe	»	loc.
L. Collin	Qui se dispute s'adore	1	1	4 »
Ch Lecocq	Rajah de Mysore (Le) T.	troupe	»	3 »
Villebichot	Réponse du Berger (La)	1	1	8 »
Jacoutot	Retour de Kerdrec (Le)	troupe	»	4 »
Meugé	Retour de Margotte (Le)	1	1	4 »
Roques	Retour de Mars (Le)	1	2	4 »
L. Collin	Retour de Musette (Le)	1	1	4 »
Ch. Thony	Robes et Manteaux T.	5	4	loc.
F. Chaudoir	Roi Claquette (Le) T.	3	3	5 »
Desormes	Roland furieux	3	1	6 »
L. Desormes	Romance impossible (La)	2	»	2 »
W. Busnach	Rosière de Valentino (La) T	3	2	loc
Michiels	Rosière d'Interlaken (La)	1	1	4 »
Ch. Gabet	Ruy Black (vaudeville) T.	»	»	loc.
Ch. Hubans	Sabines (Les)	troupe	»	loc.
Claments	Saint-Yvon (La) T.	2	1	5 »
Ch. Lecocq	Sauvons la caisse T.	1	1	6 »
R. Planquette	Serment de Mme Grégoire (Le)	1	1	8 »
Lebreton-Moreau	Signe de Léda (Le) T.	troupe	»	loc.
Olivier	Simone et Boquillon	2	1	5 »
Lebreton Duroc	Soir de Noce T.	4	4	loc.
Duroc, Du fière, Maillait	Soirée bourgeoise	2	2	loc.
Leserre	Soirée d'amateurs	pochade	»	1 »
Bresset, Bernard, Otter	Souffleur par amour T.	3	»	loc.
Claments	Souhaits ridicules (Les) T.	2	1	5 »
Meyan	Soupirs du cœur	2	3	4 »
Ch. Malo	Souviens-toi de Clémentine	2	1	4 »
Moreau-Darsay	Spiritisme des Familles	4	4	loc.
Tac-Coen	Suzette, Suzanne et Suzon	1	3	4 »
Wachs	Tata chez Toto	2	1	4 »
Chassaigne	Toc	2	2	5 »
Blétry	Tonton T.	3	3	loc.
Wachs	Toto et Titine	1	1	4 »
Hubans	Tour de Moulinet (Le) T.	2	1	8 »
Cartier	Train des Maris (Le)	2	1	4 »
Ch. Gabet	Trésor des Dames (vaudev.) T	troupe	»	loc.
Lebreton-Moreau	Treize jours d'un Parisien (Les) T	troupe	»	loc.
id.	Treizième spahis (Le) T.	troupe	»	loc.
id.	Trio de troupiers T.	troupe	»	loc.
id.	Trois Maçons (Les) T.	4	2	loc.
L. David	Tu l'as voulu T	3	1	5 »
Javelot	Un amour d'épicier	2	1	4 »
P. Henrion	Un charcutier dans les fers	1	1	4 »
Chassaigne	Un Coq en jupons	1	1	4 »
Banès	Un do malade	2	1	5 »
Wachs	Un domestique pour rire	1	1	4 »
G. Laurens	Un futur sur le gril	2	1	4 »
Ch. Malo	Un gendre à poigne	2	2	5 »
Pericaud	Un hercule qui ne veut pas se rouiller	2	1	4 »
Cambillard	Un mariage à la force du poignet	1	1	3 »
Ch. Malo	Un mariage au flageolet	1	1	4 »
Dauphin	Un mariage en Chine T.	4	1	6 »
Bernicat	Un mari à l'essai	1	1	4 »
Pericaud	Un mari en grande vitesse	3	1	4 »
L. Collin	Un mauvais conscrit	2	»	4 »
F. Barbier	Un souper chez Mlle Contat	»	2	5 »
Bernicat	Une aventure de clairon	2	2	6 »
E. André	Une drôle de Marquise	2	1	3 »
Claments	Une étoile d'antichambre T	2	1	5 »
Jouhaud	Une femme du quart du monde	2	1	4 »
Villebichot	Une femme qui bégaie T	3	2	6 »
L. Roques	Une femme tombée du Ciel	1	1	5 »
Villebichot	Une fille à trucs	3	1	4 »
Liouville	Une fille en loterie	2	1	4 »
Desormes	Une lune de miel normande	1	1	4 »
L. Collin	Une mariée sans mari	1	1	4 »
Ed. Lhuillier	Une marine à vapeur	1	1	3 »
Desormes	Une mauvaise connaissance	3	2	5 »
Moreau-Darsay	Une mauvaise nuit	2	2	loc.
Ch. Gabet	Une nourrice sur lieu (vaud.) T	2	4	loc.
Duhem	Une partie à Robinson	2	2	4 »
Wachs	Une pleine eau à Chatou	2	1	4 »
Bernicat	Une poule mouillée	1	1	4 »
Chassaigne	Une table de café	2	»	4 »
R. Planquette	Valet de cœur	1	1	4 »
J. Walter	Végétariens (Les) T.	troupe	»	loc.
Robillard	Vengeance (La) de Ramoli	2	1	4 »
L. Roques	Vénus infidèle (Retour de mars) T.	1	2	4 »
Moreau-Boucherat	Vert galant	6	8	loc.
Lebreton-Moreau	Vierges du chahut (Les) T.	troupe	»	loc.
Burani-Planquette	Vingt-huit jours de Champignolette T.	6	4	loc.
Lebreton-Moreau	Vocation d'Isoline (La)	1	2	5 »
Jacobi	Voilà l'plaisir, mesdames	1	1	4 »
Ch. Hubans	Voiture à vendre T.	2	»	4 »
Divers	Volontaire de 92 (Le) T.	troupe	»	loc.
Tac-Coen	Volontaire et vivandière	1	1	4 »
Herpin	Voyage de noce (Le)	4	1	loc.

Livrets d'opéras et opéras-comiques, net : 2 fr. — Livrets d'opérettes, net : 1 franc.

Pour la location de l'orchestre ou l'abonnement, s'adresser à l'Éditeur.

POUR LES OUVRAGES DU RÉPERTOIRE

CONSULTER LE CATALOGUE SPÉCIAL

DES

OUVRAGES DE THÉATRE

QUI EST ENVOYÉ **FRANCO** SUR DEMANDE

POUR LA PARTITION OU LES PARTIES D'ORCHESTRE

MM. les Directeurs sont priés de s'adresser à l'Éditeur

www.ingramcontent.com/pod-product-compliance
Ingram Content Group UK Ltd.
Pitfield, Milton Keynes, MK11 3LW, UK
UKHW022210190726
13855UKWH00004B/1698